MW00743680

ART OF THE LORD OF THE RINGS™

2006 CALENDAR

Andrews McMeel Publishing

an Andrews McMeel Universal company
Kansas City

Cover illustration by Jeremy Bennett
Black and white portrait by Alan Lee

www.andrewsmcmeel.com

All Jewish holidays begin at sundown the previous day.

ISBN: 0-7407-5186-7

2006

January

S	M	T	W	T	F	S
1	2	3	4	5	6	7
8	9	10	11	12	13	14
15	16	17	18	19	20	21
22	23	24	25	26	27	28
29	30	31				

February

S	M	T	W	T	F	S
			1	2	3	4
5	6	7	8	9	10	11
12	13	14	15	16	17	18
19	20	21	22	23	24	25
26	27	28				

March

S	M	T	W	T	F	S
			1	2	3	4
5	6	7	8	9	10	11
12	13	14	15	16	17	18
19	20	21	22	23	24	25
26	27	28	29	30	31	

April

S	M	T	W	T	F	S
						1
2	3	4	5	6	7	8
9	10	11	12	13	14	15
16	17	18	19	20	21	22
23	24	25	26	27	28	29
30						

May

S	M	T	W	T	F	S
	1	2	3	4	5	6
7	8	9	10	11	12	13
14	15	16	17	18	19	20
21	22	23	24	25	26	27
28	29	30	31			

June

S	M	T	W	T	F	S
				1	2	3
4	5	6	7	8	9	10
11	12	13	14	15	16	17
18	19	20	21	22	23	24
25	26	27	28	29	30	

July

S	M	T	W	T	F	S
						1
2	3	4	5	6	7	8
9	10	11	12	13	14	15
16	17	18	19	20	21	22
23	24	25	26	27	28	29
30	31					

August

S	M	T	W	T	F	S
		1	2	3	4	5
6	7	8	9	10	11	12
13	14	15	16	17	18	19
20	21	22	23	24	25	26
27	28	29	30	31		

September

S	M	T	W	T	F	S
					1	2
3	4	5	6	7	8	9
10	11	12	13	14	15	16
17	18	19	20	21	22	23
24	25	26	27	28	29	30

October

S	M	T	W	T	F	S
1	2	3	4	5	6	7
8	9	10	11	12	13	14
15	16	17	18	19	20	21
22	23	24	25	26	27	28
29	30	31				

November

S	M	T	W	T	F	S
			1	2	3	4
5	6	7	8	9	10	11
12	13	14	15	16	17	18
19	20	21	22	23	24	25
26	27	28	29	30		

December

S	M	T	W	T	F	S
					1	2
3	4	5	6	7	8	9
10	11	12	13	14	15	16
17	18	19	20	21	22	23
24	25	26	27	28	29	30
31						

December 2005

S	M	T	W	T	F	S
				1	2	3
4	5	6	7	8	9	10
11	12	13	14	15	16	17
18	19	20	21	22	23	24
25	26	27	28	29	30	31

Dec'05-Jan'06

January

S	M	T	W	T	F	S
1	2	3	4	5	6	7
8	9	10	11	12	13	14
15	16	17	18	19	20	21
22	23	24	25	26	27	28
29	30	31				

Monday
26

Kwanzaa begins
Boxing Day (Canada)

Tuesday
27

Wednesday
28

Thursday
29

Friday
30

Saturday
31

Sunday
1

New Year's Day
Kwanzaa ends

Illustration by Paul Lasaine

January

January

S	M	T	W	T	F	S
1	2	3	4	5	6	7
8	9	10	11	12	13	14
15	16	17	18	19	20	21
22	23	24	25	26	27	28
29	30	31				

Monday
2

Last Day of Hanukkah

Tuesday
3

Wednesday
4

Thursday
5

Friday
6

Saturday
7

Sunday
8

Illustration by John Howe

January

January

S	M	T	W	T	F	S
1	2	3	4	5	6	7
8	9	10	11	12	13	14
15	16	17	18	19	20	21
22	23	24	25	26	27	28
29	30	31				

Monday
9

Tuesday
10

Wednesday
11

Thursday
12

Friday
13

Saturday
14

Sunday
15

Illustration by Alan Lee

January

January

S	M	T	W	T	F	S
1	2	3	4	5	6	7
8	9	10	11	12	13	14
15	16	17	18	19	20	21
22	23	24	25	26	27	28
29	30	31				

Monday
16

Martin Luther King Jr.'s Birthday (observed)

Tuesday
17

Wednesday
18

Thursday
19

Friday
20

Saturday
21

Sunday
22

Illustration by Jeremy Bennett

January

January

S	M	T	W	T	F	S
1	2	3	4	5	6	7
8	9	10	11	12	13	14
15	16	17	18	19	20	21
22	23	24	25	26	27	28
29	30	31				

Monday
23

Tuesday
24

Wednesday
25

Thursday
26

Friday
27

Saturday
28

Sunday
29

Illustration by Paul Lasaine

Jan-Feb

January

S	M	T	W	T	F	S
1	2	3	4	5	6	7
8	9	10	11	12	13	14
15	16	17	18	19	20	21
22	23	24	25	26	27	28
29	30	31				

February

S	M	T	W	T	F	S
			1	2	3	4
5	6	7	8	9	10	11
12	13	14	15	16	17	18
19	20	21	22	23	24	25
26	27	28				

Monday
30

Tuesday
31

Wednesday
1

Thursday
2

Friday
3

Saturday
4

Sunday
5

Illustration by Alan Lee

February

February

S	M	T	W	T	F	S
			1	2	3	4
5	6	7	8	9	10	11
12	13	14	15	16	17	18
19	20	21	22	23	24	25
26	27	28				

Monday
6

Tuesday
7

Wednesday
8

Thursday
9

Friday
10

Saturday
11

Sunday
12

Illustration by Alan Lee

February

February

S	M	T	W	T	F	S
			1	2	3	4
5	6	7	8	9	10	11
12	13	14	15	16	17	18
19	20	21	22	23	24	25
26	27	28				

Monday
13

Tuesday
14

Valentine's Day

Wednesday
15

Thursday
16

Friday
17

Saturday
18

Sunday
19

llustration by Alan Lee

February

February

S	M	T	W	T	F	S
			1	2	3	4
5	6	7	8	9	10	11
12	13	14	15	16	17	18
19	20	21	22	23	24	25
26	27	28				

Monday
20

Presidents' Day

Tuesday
21

Wednesday
22

Thursday
23

Friday
24

Saturday
25

Sunday
26

Illustration by Alan Lee

February

S	M	T	W	T	F	S
			1	2	3	4
5	6	7	8	9	10	11
12	13	14	15	16	17	18
19	20	21	22	23	24	25
26	27	28				

Feb-Mar

March

S	M	T	W	T	F	S
			1	2	3	4
5	6	7	8	9	10	11
12	13	14	15	16	17	18
19	20	21	22	23	24	25
26	27	28	29	30	31	

Monday
27

Tuesday
28

Wednesday
1

Ash Wednesday

Thursday
2

Friday
3

Saturday
4

Sunday
5

Illustration by Paul Lasaine

March

March						
S	M	T	W	T	F	S
			1	2	3	4
5	6	7	8	9	10	11
12	13	14	15	16	17	18
19	20	21	22	23	24	25
26	27	28	29	30	31	

Monday
6

Tuesday
7

Wednesday
8

Thursday
9

Friday
10

Saturday
11

Sunday
12

Illustration by John Howe

March

March						
S	M	T	W	T	F	S
			1	2	3	4
5	6	7	8	9	10	11
12	13	14	15	16	17	18
19	20	21	22	23	24	25
26	27	28	29	30	31	

Monday
13

Commonwealth Day (Canada)

Tuesday
14

Purim

Wednesday
15

Thursday
16

Friday
17

St. Patrick's Day

Saturday
18

Sunday
19

Illustration by Alan Lee

March

March

S	M	T	W	T	F	S
			1	2	3	4
5	6	7	8	9	10	11
12	13	14	15	16	17	18
19	20	21	22	23	24	25
26	27	28	29	30	31	

Monday
20

Tuesday
21

Wednesday
22

Thursday
23

Friday
24

Saturday
25

Sunday
26

Illustration by Paul Lasaine

March

S	M	T	W	T	F	S
			1	2	3	4
5	6	7	8	9	10	11
12	13	14	15	16	17	18
19	20	21	22	23	24	25
26	27	28	29	30	31	

Mar-Apr

April

S	M	T	W	T	F	S
						1
2	3	4	5	6	7	8
9	10	11	12	13	14	15
16	17	18	19	20	21	22
23	24	25	26	27	28	29
30						

Monday
27

Tuesday
28

Wednesday
29

Thursday
30

Friday
31

Saturday
1

Sunday
2

Illustration by Jeremy Bennett

April

April

S	M	T	W	T	F	S
						1
2	3	4	5	6	7	8
9	10	11	12	13	14	15
16	17	18	19	20	21	22
23	24	25	26	27	28	29
30						

Monday
3

Tuesday
4

Wednesday
5

Thursday
6

Friday
7

Saturday
8

Sunday
9

Palm Sunday

Illustration by Alan Lee

April

April

S	M	T	W	T	F	S
						1
2	3	4	5	6	7	8
9	10	11	12	13	14	15
16	17	18	19	20	21	22
23	24	25	26	27	28	29
30						

Monday
10

Tuesday
11

Wednesday
12

Thursday
13

First Day of Passover

Friday
14

Good Friday (Western)

Saturday
15

Sunday
16

Easter (Western)

Illustration by Jeremy Bennett

April

April						
S	M	T	W	T	F	S
						1
2	3	4	5	6	7	8
9	10	11	12	13	14	15
16	17	18	19	20	21	22
23	24	25	26	27	28	29
30						

Monday
17

Easter Monday (Canada)

Tuesday
18

Wednesday
19

Thursday
20

Last Day of Passover

Friday
21

Holy Friday (Orthodox)

Saturday
22

Sunday
23

Easter (Orthodox)

Illustration by Jeremy Bennett

April

April						
S	M	T	W	T	F	S
						1
2	3	4	5	6	7	8
9	10	11	12	13	14	15
16	17	18	19	20	21	22
23	24	25	26	27	28	29
30						

Monday
24

Tuesday
25

Wednesday
26

Thursday
27

Friday
28

Saturday
29

Sunday
30

Illustration by Alan Lee

May

May

S	M	T	W	T	F	S
	1	2	3	4	5	6
7	8	9	10	11	12	13
14	15	16	17	18	19	20
21	22	23	24	25	26	27
28	29	30	31			

Monday
1

Tuesday
2

Wednesday
3

Thursday
4

Friday
5

Saturday
6

Sunday
7

Illustration by John Howe

May

May						
S	M	T	W	T	F	S
	1	2	3	4	5	6
7	8	9	10	11	12	13
14	15	16	17	18	19	20
21	22	23	24	25	26	27
28	29	30	31			

Monday
8

Tuesday
9

Wednesday
10

Thursday
11

Friday
12

Saturday
13

Sunday
14

Mother's Day

Illustration by Jeremy Bennett

May

May

S	M	T	W	T	F	S
	1	2	3	4	5	6
7	8	9	10	11	12	13
14	15	16	17	18	19	20
21	22	23	24	25	26	27
28	29	30	31			

Monday
15

Tuesday
16

Wednesday
17

Thursday
18

Friday
19

Saturday
20

Armed Forces Day

Sunday
21

Illustration by Alan Lee

May

May

S	M	T	W	T	F	S
	1	2	3	4	5	6
7	8	9	10	11	12	13
14	15	16	17	18	19	20
21	22	23	24	25	26	27
28	29	30	31			

Monday
22

Victoria Day (Canada)

Tuesday
23

Wednesday
24

Thursday
25

Friday
26

Saturday
27

Sunday
28

Illustration by Paul Lasaine

May						
S	M	T	W	T	F	S
	1	2	3	4	5	6
7	8	9	10	11	12	13
4	15	16	17	18	19	20
1	22	23	24	25	26	27
8	29	30	31			

May-June

June						
S	M	T	W	T	F	S
				1	2	3
4	5	6	7	8	9	10
11	12	13	14	15	16	17
18	19	20	21	22	23	24
25	26	27	28	29	30	

Monday
29

Memorial Day

Tuesday
30

Wednesday
31

Thursday
1

Friday
2

Saturday
3

Sunday
4

lustration by Jeremy Bennett

June

June						
S	M	T	W	T	F	S
				1	2	3
4	5	6	7	8	9	10
11	12	13	14	15	16	17
18	19	20	21	22	23	24
25	26	27	28	29	30	

Monday
5

Tuesday
6

Wednesday
7

Thursday
8

Friday
9

Saturday
10

Sunday
11

Illustration by Alan Lee

June

June

S	M	T	W	T	F	S
				1	2	3
4	5	6	7	8	9	10
11	12	13	14	15	16	17
18	19	20	21	22	23	24
25	26	27	28	29	30	

Monday
12

Tuesday
13

Wednesday
14

Flag Day

Thursday
15

Friday
16

Saturday
17

Sunday
18

Father's Day

Illustration by Jeremy Bennett

June

June

S	M	T	W	T	F	S
				1	2	3
4	5	6	7	8	9	10
11	12	13	14	15	16	17
18	19	20	21	22	23	24
25	26	27	28	29	30	

Monday
19

Tuesday
20

Wednesday
21

Thursday
22

Friday
23

Saturday
24

Sunday
25

Illustration by John Howe

June

S	M	T	W	T	F	S
				1	2	3
4	5	6	7	8	9	10
11	12	13	14	15	16	17
18	19	20	21	22	23	24
25	26	27	28	29	30	

June-July

July

S	M	T	W	T	F	S
						1
2	3	4	5	6	7	8
9	10	11	12	13	14	15
16	17	18	19	20	21	22
23	24	25	26	27	28	29
30	31					

Monday
26

Tuesday
27

Wednesday
28

Thursday
29

Friday
30

Saturday
1

Canada Day

Sunday
2

Illustration by Alan Lee

July

July						
S	M	T	W	T	F	S
						1
2	3	4	5	6	7	8
9	10	11	12	13	14	15
16	17	18	19	20	21	22
23	24	25	26	27	28	29
30	31					

Monday
3

Tuesday
4

Independence Day

Wednesday
5

Thursday
6

Friday
7

Saturday
8

Sunday
9

Illustration by Jeremy Bennett

July

July						
S	M	T	W	T	F	S
						1
2	3	4	5	6	7	8
9	10	11	12	13	14	15
16	17	18	19	20	21	22
23	24	25	26	27	28	29
30	31					

Monday
10

Tuesday
11

Wednesday
12

Thursday
13

Friday
14

Saturday
15

Sunday
16

July

July

S	M	T	W	T	F	S
						1
2	3	4	5	6	7	8
9	10	11	12	13	14	15
16	17	18	19	20	21	22
23	24	25	26	27	28	29
30	31					

Monday
17

Tuesday
18

Wednesday
19

Thursday
20

Friday
21

Saturday
22

Sunday
23

Illustration by Alan Lee

July

July						
S	M	T	W	T	F	S
						1
2	3	4	5	6	7	8
9	10	11	12	13	14	15
16	17	18	19	20	21	22
23	24	25	26	27	28	29
30	31					

Monday
24

Tuesday
25

Wednesday
26

Thursday
27

Friday
28

Saturday
29

Sunday
30

Illustration by Jeremy Bennett

July

S	M	T	W	T	F	S
						1
[illegible]	3	4	5	6	7	8
[illegible]	10	11	12	13	14	15
[illegible]	17	18	19	20	21	22
3	24	25	26	27	28	29
0	31					

July-Aug

August

S	M	T	W	T	F	S
		1	2	3	4	5
6	7	8	9	10	11	12
13	14	15	16	17	18	19
20	21	22	23	24	25	26
27	28	29	30	31		

Monday
31

Tuesday
1

Wednesday
2

Thursday
3

Friday
4

Saturday
5

Sunday
6

August

August						
S	M	T	W	T	F	S
		1	2	3	4	5
6	7	8	9	10	11	12
13	14	15	16	17	18	19
20	21	22	23	24	25	26
27	28	29	30	31		

Monday
7

Tuesday
8

Wednesday
9

Thursday
10

Friday
11

Saturday
12

Sunday
13

llustration by Alan Lee

August

August

S	M	T	W	T	F	S
		1	2	3	4	5
6	7	8	9	10	11	12
13	14	15	16	17	18	19
20	21	22	23	24	25	26
27	28	29	30	31		

Monday
14

Tuesday
15

Wednesday
16

Thursday
17

Friday
18

Saturday
19

Sunday
20

Illustration by Jeremy Bennett

August

August

S	M	T	W	T	F	S
		1	2	3	4	5
6	7	8	9	10	11	12
13	14	15	16	17	18	19
20	21	22	23	24	25	26
27	28	29	30	31		

Monday
21

Tuesday
22

Wednesday
23

Thursday
24

Friday
25

Saturday
26

Sunday
27

Illustration by Jeremy Bennett

August

S	M	T	W	T	F	S
		1	2	3	4	5
6	7	8	9	10	11	12
13	14	15	16	17	18	19
20	21	22	23	24	25	26
27	28	29	30	31		

Aug-Sept

September

S	M	T	W	T	F	S
					1	2
3	4	5	6	7	8	9
10	11	12	13	14	15	16
17	18	19	20	21	22	23
24	25	26	27	28	29	30

Monday
28

Tuesday
29

Wednesday
30

Thursday
31

Friday
1

Saturday
2

Sunday
3

Illustration by Alan Lee

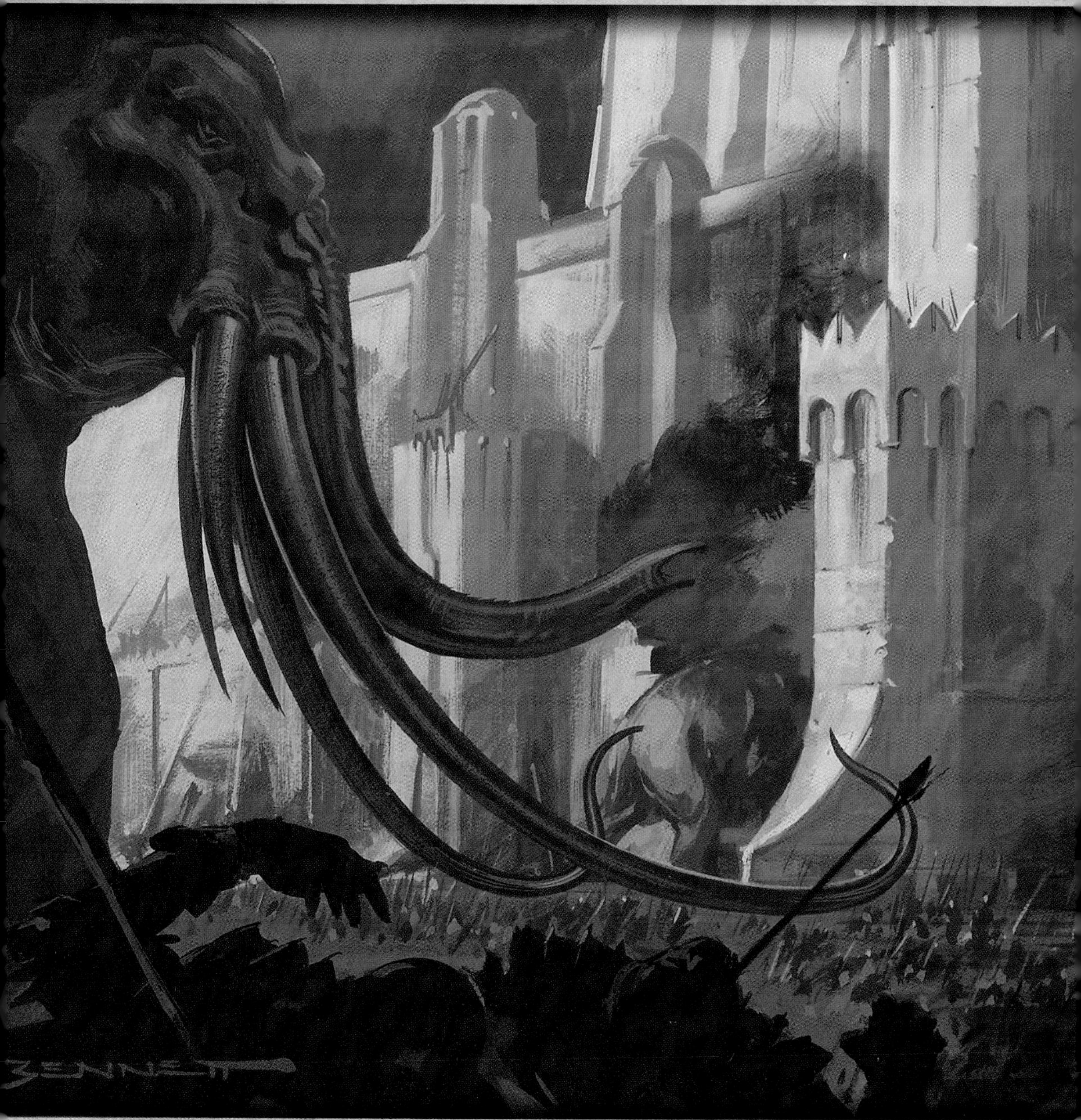
BENNETT

September

S	M	T	W	T	F	S
					1	2
3	4	5	6	7	8	9
10	11	12	13	14	15	16
17	18	19	20	21	22	23
24	25	26	27	28	29	30

Monday
4

Labor Day

Tuesday
5

Wednesday
6

Thursday
7

Friday
8

Saturday
9

Sunday
10

Illustration by Jeremy Bennett

September

September

S	M	T	W	T	F	S
					1	2
3	4	5	6	7	8	9
10	11	12	13	14	15	16
17	18	19	20	21	22	23
24	25	26	27	28	29	30

Monday
11

Tuesday
12

Wednesday
13

Thursday
14

Friday
15

Saturday
16

Sunday
17

Illustration by Jeremy Bennett

September

September						
S	M	T	W	T	F	S
					1	2
3	4	5	6	7	8	9
10	11	12	13	14	15	16
17	18	19	20	21	22	23
24	25	26	27	28	29	30

Monday
18

Tuesday
19

Wednesday
20

Thursday
21

Friday
22

Saturday
23

Rosh Hashanah begins

Sunday
24

Rosh Hashanah ends

Illustration by Alan Lee

September

S	M	T	W	T	F	S
					1	2
3	4	5	6	7	8	9
10	11	12	13	14	15	16
17	18	19	20	21	22	23
24	25	26	27	28	29	30

Sept-Oct

October

S	M	T	W	T	F	S
1	2	3	4	5	6	7
8	9	10	11	12	13	14
15	16	17	18	19	20	21
22	23	24	25	26	27	28
29	30	31				

Monday
25

Tuesday
26

Wednesday
27

Thursday
28

Friday
29

Saturday
30

Sunday
1

Illustration by John Howe

October

October

S	M	T	W	T	F	S
1	2	3	4	5	6	7
8	9	10	11	12	13	14
15	16	17	18	19	20	21
22	23	24	25	26	27	28
29	30	31				

Monday
2

Yom Kippur

Tuesday
3

Wednesday
4

Thursday
5

Friday
6

Saturday
7

Sunday
8

Illustration by Jeremy Bennett

October

October

S	M	T	W	T	F	S
1	2	3	4	5	6	7
8	9	10	11	12	13	14
15	16	17	18	19	20	21
22	23	24	25	26	27	28
29	30	31				

Monday
9

Columbus Day
Thanksgiving (Canada)

Tuesday
10

Wednesday
11

Thursday
12

Friday
13

Saturday
14

Sunday
15

Illustration by Alan Lee

October

October

S	M	T	W	T	F	S
1	2	3	4	5	6	7
8	9	10	11	12	13	14
15	16	17	18	19	20	21
22	23	24	25	26	27	28
29	30	31				

Monday
16

Tuesday
17

Wednesday
18

Thursday
19

Friday
20

Saturday
21

Sunday
22

Illustration by Paul Lasaine

October

October

S	M	T	W	T	F	S
1	2	3	4	5	6	7
8	9	10	11	12	13	14
15	16	17	18	19	20	21
22	23	24	25	26	27	28
29	30	31				

Monday
23

Tuesday
24

Wednesday
25

Thursday
26

Friday
27

Saturday
28

Sunday
29

Illustration by Jeremy Bennett

October

S	M	T	W	T	F	S
1	2	3	4	5	6	7
8	9	10	11	12	13	14
15	16	17	18	19	20	21
22	23	24	25	26	27	28
29	30	31				

Oct-Nov

November

S	M	T	W	T	F	S
			1	2	3	4
5	6	7	8	9	10	11
12	13	14	15	16	17	18
19	20	21	22	23	24	25
26	27	28	29	30		

Monday
30

Tuesday
31

Halloween

Wednesday
1

Thursday
2

Friday
3

Saturday
4

Sunday
5

Illustration by Alan Lee

November

November						
S	M	T	W	T	F	S
			1	2	3	4
5	6	7	8	9	10	11
12	13	14	15	16	17	18
19	20	21	22	23	24	25
26	27	28	29	30		

Monday
6

Tuesday
7

Election Day

Wednesday
8

Thursday
9

Friday
10

Saturday
11

Veterans' Day
Remembrance Day (Canada)

Sunday
12

Illustration by Jeremy Bennett

BLACK GATES

November

November						
S	M	T	W	T	F	S
			1	2	3	4
5	6	7	8	9	10	11
12	13	14	15	16	17	18
19	20	21	22	23	24	25
26	27	28	29	30		

Monday
13

Tuesday
14

Wednesday
15

Thursday
16

Friday
17

Saturday
18

Sunday
19

Illustration by Jeremy Bennett

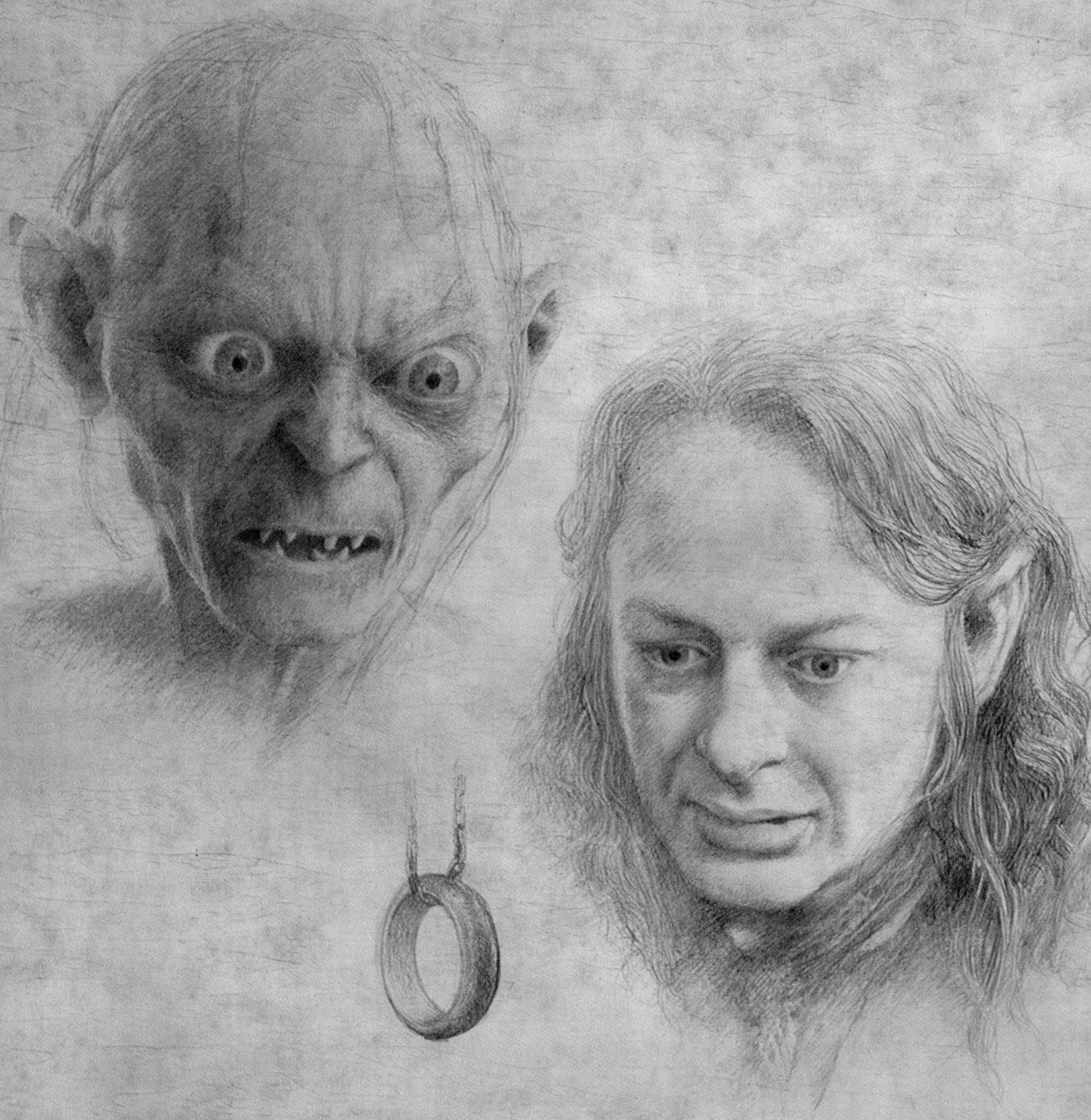

November

November

S	M	T	W	T	F	S
			1	2	3	4
5	6	7	8	9	10	11
12	13	14	15	16	17	18
19	20	21	22	23	24	25
26	27	28	29	30		

Monday
20

Tuesday
21

Wednesday
22

Thursday
23

Thanksgiving

Friday
24

Saturday
25

Sunday
26

Illustration by Alan Lee

November

S	M	T	W	T	F	S
			1	2	3	4
5	6	7	8	9	10	11
12	13	14	15	16	17	18
19	20	21	22	23	24	25
26	27	28	29	30		

Nov-Dec

December

S	M	T	W	T	F	S
					1	2
3	4	5	6	7	8	9
10	11	12	13	14	15	16
17	18	19	20	21	22	23
24	25	26	27	28	29	30
31						

Monday
27

Tuesday
28

Wednesday
29

Thursday
30

Friday
1

Saturday
2

Sunday
3

Illustration by Alan Lee

December

December

S	M	T	W	T	F	S
					1	2
3	4	5	6	7	8	9
10	11	12	13	14	15	16
17	18	19	20	21	22	23
24	25	26	27	28	29	30
31						

Monday
4

Tuesday
5

Wednesday
6

Thursday
7

Friday
8

Saturday
9

Sunday
10

Illustration by Jeremy Bennett

December

December						
S	M	T	W	T	F	S
					1	2
3	4	5	6	7	8	9
10	11	12	13	14	15	16
17	18	19	20	21	22	23
24	25	26	27	28	29	30
31						

Monday
11

Tuesday
12

Wednesday
13

Thursday
14

Friday
15

Saturday
16

First Day of Hanukkah

Sunday
17

Illustration by Alan Lee

December

December

S	M	T	W	T	F	S
					1	2
3	4	5	6	7	8	9
10	11	12	13	14	15	16
17	18	19	20	21	22	23
24	25	26	27	28	29	30
31						

Monday
18

Tuesday
19

Wednesday
20

Thursday
21

Friday
22

Saturday
23

Last Day of Hanukkah

Sunday
24

Illustration by Jeremy Bennett

December

December						
S	M	T	W	T	F	S
					1	2
3	4	5	6	7	8	9
10	11	12	13	14	15	16
17	18	19	20	21	22	23
24	25	26	27	28	29	30
31						

Monday
25

Christmas

Tuesday
26

Kwanzaa begins
Boxing Day (Canada)

Wednesday
27

Thursday
28

Friday
29

Saturday
30

Sunday
31

llustration by Paul Lasaine

2007

January

February

March

April

May

June

July

August

September

October

November

December

2005

January

S	M	T	W	T	F	S
						1
2	3	4	5	6	7	8
9	10	11	12	13	14	15
16	17	18	19	20	21	22
23	24	25	26	27	28	29
30	31					

February

S	M	T	W	T	F	S
		1	2	3	4	5
6	7	8	9	10	11	12
13	14	15	16	17	18	19
20	21	22	23	24	25	26
27	28					

March

S	M	T	W	T	F	S
		1	2	3	4	5
6	7	8	9	10	11	12
13	14	15	16	17	18	19
20	21	22	23	24	25	26
27	28	29	30	31		

April

S	M	T	W	T	F	S
					1	2
3	4	5	6	7	8	9
10	11	12	13	14	15	16
17	18	19	20	21	22	23
24	25	26	27	28	29	30

May

S	M	T	W	T	F	S
1	2	3	4	5	6	7
8	9	10	11	12	13	14
15	16	17	18	19	20	21
22	23	24	25	26	27	28
29	30	31				

June

S	M	T	W	T	F	S
			1	2	3	4
5	6	7	8	9	10	11
12	13	14	15	16	17	18
19	20	21	22	23	24	25
26	27	28	29	30		

July

S	M	T	W	T	F	S
					1	2
3	4	5	6	7	8	9
10	11	12	13	14	15	16
17	18	19	20	21	22	23
24	25	26	27	28	29	30
31						

August

S	M	T	W	T	F	S
	1	2	3	4	5	6
7	8	9	10	11	12	13
14	15	16	17	18	19	20
21	22	23	24	25	26	27
28	29	30	31			

September

S	M	T	W	T	F	S
				1	2	3
4	5	6	7	8	9	10
11	12	13	14	15	16	17
18	19	20	21	22	23	24
25	26	27	28	29	30	

October

S	M	T	W	T	F	S
						1
2	3	4	5	6	7	8
9	10	11	12	13	14	15
16	17	18	19	20	21	22
23	24	25	26	27	28	29
30	31					

November

S	M	T	W	T	F	S
		1	2	3	4	5
6	7	8	9	10	11	12
13	14	15	16	17	18	19
20	21	22	23	24	25	26
27	28	29	30			

December

S	M	T	W	T	F	S
				1	2	3
4	5	6	7	8	9	10
11	12	13	14	15	16	17
18	19	20	21	22	23	24
25	26	27	28	29	30	31

2007

January

S	M	T	W	T	F	S
	1	2	3	4	5	6
7	8	9	10	11	12	13
14	15	16	17	18	19	20
21	22	23	24	25	26	27
28	29	30	31			

February

S	M	T	W	T	F	S
				1	2	3
4	5	6	7	8	9	10
11	12	13	14	15	16	17
18	19	20	21	22	23	24
25	26	27	28			

March

S	M	T	W	T	F	S
				1	2	3
4	5	6	7	8	9	10
11	12	13	14	15	16	17
18	19	20	21	22	23	24
25	26	27	28	29	30	31

April

S	M	T	W	T	F	S
1	2	3	4	5	6	7
8	9	10	11	12	13	14
15	16	17	18	19	20	21
22	23	24	25	26	27	28
29	30					

May

S	M	T	W	T	F	S
		1	2	3	4	5
6	7	8	9	10	11	12
13	14	15	16	17	18	19
20	21	22	23	24	25	26
27	28	29	30	31		

June

S	M	T	W	T	F	S
					1	2
3	4	5	6	7	8	9
10	11	12	13	14	15	16
17	18	19	20	21	22	23
24	25	26	27	28	29	30

July

S	M	T	W	T	F	S
1	2	3	4	5	6	7
8	9	10	11	12	13	14
15	16	17	18	19	20	21
22	23	24	25	26	27	28
29	30	31				

August

S	M	T	W	T	F	S
			1	2	3	4
5	6	7	8	9	10	11
12	13	14	15	16	17	18
19	20	21	22	23	24	25
26	27	28	29	30	31	

September

S	M	T	W	T	F	S
						1
2	3	4	5	6	7	8
9	10	11	12	13	14	15
16	17	18	19	20	21	22
23	24	25	26	27	28	29
30						

October

S	M	T	W	T	F	S
	1	2	3	4	5	6
7	8	9	10	11	12	13
14	15	16	17	18	19	20
21	22	23	24	25	26	27
28	29	30	31			

November

S	M	T	W	T	F	S
				1	2	3
4	5	6	7	8	9	10
11	12	13	14	15	16	17
18	19	20	21	22	23	24
25	26	27	28	29	30	

December

S	M	T	W	T	F	S
						1
2	3	4	5	6	7	8
9	10	11	12	13	14	15
16	17	18	19	20	21	22
23	24	25	26	27	28	29
30	31					